# 一滴

山中六



思潮社

# 一滴

山中六

思潮社

# 目次

Ⅰ

稲穂　8
暮らし　9
幻想　10
あした晴れ　11
内面　12
蒼い夏　13
初恋　14
マフラー　15
いとしさ　16
信頼　17
泪の花　18
芭蕉　19

Ⅱ

サガリ花　22
もう一つの木　23
一つの核心　24
存在　25
奏でる愛　26
言の葉　27
自画像　28
生む　29

その夜　30　砂のリズム　31　わだかまり　32　残像　33
水のしずく　34　陳述　35　核　36　闇　37
深く　38　舞　39　悲しみの泪　40　濃い眼　41
Ⅲ
一滴　44　私も鳴く　45　もう　46　猫　47
夕暮れ　48　花手水　49　匂い竹　50　密室　51
舞台人　52　波乱　53　恐怖　54　別れ　55
枢　56　書く　57　終活　58　そのもの　59
古稀　60　ノア　61

題字＝著者
装幀＝思潮社装幀室

# I

## 稲穂

夕暮れの黄金色に輝く
内面をやさしく撫でて通る

## 暮らし

白い肌着を紅茶で染める
生活の匂い桃酒色に垂れ落ちる

**幻想**

暗闇で茶を飲む
翌朝、胸にヤモリの紋様

あした晴れ

君を詠む曇りガラス
右手で拭く淡いのなかに

## 内面

ものに潜む影
後ろからついてくる何か

**蒼い夏**

キックするボール
次々と闇のなかへ

## 初恋

アサリ貝
突くと引っ込み殻を閉じる

マフラー

言の葉を体にまとい
編まれてゆく夜

いとしさ

今なおも青く
この写真を抱いている

## 信頼

あふれる涙で
顔をパックする

## 泪の花

かすむ眼に映る花
しらゆりは母の姿に似ている

芭蕉

故郷はいつも私の中にある
その果実ひとつひとつに泪ふる

# Ⅱ

サガリ花

音もなく落ちて　ゆ　く
一夜限りの恋

もう一つの木

吐息は宙にあり

戻れない日常に言葉はさまよい

## 一つの核心

心が震えている
君の視線のさきに

## 存在

何処かにか記しておきたい
体にある一粒のほくろ

## 奏でる愛

一本の糸が天から垂れる
張りつめた感情は共に鳴り響く

言の葉
行間にあふれる
君の思いに気づくとき

## 自画像

幾通りにも降る雨
割れたわたしの顔がある

生む
作品の子孕む一夜は
悪魔の臨月

**その夜**

アラカブの体温を抱く
もう人間には戻れない

## 砂のリズム

刻々と落ちる一握りの砂
秒間に見る一瞬の迷い

わだかまり
結び目をほどくとき
直視している眼

## 残像

あなたの耳にだけ
そーっと吹きかけた白い闇

**水のしずく**

政府という生き物
ポタッポタッと落ちる魔物

## 陳述

言霊にして放つ
光りは君の手の中から

## 核

臓腑もうごめく街の静けさ
けっして見てはならないキノコ雲

# 闇

見落としが悪に変わるとき
後悔は闇の中に存在する

深く
仲間たちの卒塔婆を
私の胸に掲げる重さ

## 舞

狂いゆく手と足を
天は呼ぶが、まだこの地にと

## 悲しみの泪

いつの時も足音を立てずに
そこにあって、佇む

## 濃い眼

君に出会ったそのとき
地上にある一つの点を知る

# Ⅲ

## 一滴

一滴、落ちて波紋をよび
一行、天から舞い降りる

私も鳴く
海はうねりながら鳴く
竹はしなって鳴く

もう
若くはないのだと
足元の石ころに会釈する

## 猫

君の踏んだ足跡の
幾何学模様にひかれてゆく

**夕暮れ**
茜色は風に遊ぶ
わたしの中でゆれる恋

**花手水**

心の中に挿す
なによりも膨らんだ感情

**匂い竹**

格子窓から見える
私だけの世界

# 密室

止まない雨にジャズを聴く
車のワイパーはメトロノーム

## 舞台人

執念のたましい
いくつもの性を演じている

## 波乱

荒れ狂う海に
鎮まる心を見ている

## 恐怖

帰る道筋、時々
頭の中から消える地図がある

**別れ**

波打ち際で戯れた日々
引き寄せる波にもまだ時間はある

## 柩

一行の闇
もたずしては柩の蓋は閉じない

書く
えりあしは
いまだ未開拓地である

## 終活

一枚の写真に
生涯を閉じている

そのもの
私の殻の中から飛翔させ続けたい
ペンの持てる限り共存している

古稀

空の青を
なおも青く抱える

ノア

離れていても
君の鼓動は私の中にある

## あとがき

固定電話が鳴る。今でも少し恐怖を覚えます。何とか今日までやってこられたのは、文字を綴ることでようやく得られるという安堵感です。夫は眠るように病院のベッドに寝かされていて、まだ温かい。揺さぶり起こしましたが、「もう、起こさなくていいよ」と私の耳には確かに聞こえた。いまでも一瞬のその時を、体が覚えています。とてもいい顔をしていました。事故死だというのに外傷はひとつもありません。医者のお話では、胸、心臓を強く打って、中で破裂しています。
夫は亡くなり、ここ何年、時が過ぎてゆくことだけを願い、一日が終わるとき、何とか今日も過ごせました。ありがとうございました。と、仏壇に手を合わせる日々でした。

一瞬のとき
涙のふる毎日が
呼吸さえも止めそうで

＊

時々、言葉はふっと降りてくる
わからない言葉が
意味をなすかのように
私の前に立ちはだかる
それはなんなのか、どういうことなのかと
そこからが一行の始まりである。

ここに収めた作品は、詩誌「KANA」の二十七号から三十号に発表した拙作に、加筆修正したものです（詩「初恋」は、『天の河――一行詩の試み』に収載した「こい」を改題加筆）。

今、こうして九冊目の本を上梓できますことに、思潮社の高木真史氏に感謝致します。また、栞文を書いてくださいました高良勉氏に大切なときを、心からありがとうございました。四十四歳の頃からお世話になりました南方新社の向原祥隆さん、私を支えてくれて本当にありがとうございました。そして、いつも近くにいてくれる三人の息子、史門、公平、勇太に、ありがとう。

二〇二四年八月二十日　古稀の背に　　山中 六

山中六　やまなか・むつ

一九五三年、奄美大島に生まれる

**詩集**

『見えてくる』（一九九二年、本多企画）第16回山之口貘賞

『箱』（一九九五年、本多企画）

『フルーツジュースの河』（一九九九年、南方新社）

『天の河──一行詩の試み』（二〇〇四年、南方新社）

『花と鳥と風と月と』（二〇〇六年、南方新社）

『指先に意志をもつとき』（二〇一三年、私家版、南方新社）

『水のリボン』（二〇一八年、南方新社）

**エッセイ集**

『あずき色のボタン』（一九九七年、トライ社）

詩と批評「KANA」同人

# 一滴《いってき》

著者
山中《やまなか》 六《むつ》
発行者
小田啓之
発行所
株式会社 思潮社
〒一六二―〇八四二 東京都新宿区市谷砂土原町三―十五
電話〇三（五八〇五）七五〇一（営業）
〇三（三二六七）八一四一（編集）
印刷・製本
創栄図書印刷株式会社
発行日
二〇二四年十月三十一日